생의 쉼표

a Comma in a Life

생의 쉼표

a Comma in a Life

강승수 지음

좋은땅

CONTENTS

prologue
·7·

epilogue
·203·

prologue

생의 쉼표를 찾던
생의 쉼표와 같던 시간과 풍경들
그리고
그 속의 생각들을 세상으로 보냅니다.
생의 쉼표가 필요한 사람에게 작은 공감과 위안이 되길

2020년 여름

Chapter 1 *In Britain*

출발

금속 날개를 달고 다른 세상 속으로
자유도 도전도 아닌
집행 유예의 시간 속으로
물적 가치를 대신해서 얻을 것은
선택의 기회들

초저가 항공을 탄 탓에 영국으로 향하는 비행기는 2번의 경유를 거쳐 18시간이나 지나서야 도착할 수 있었다. 덕분에 기내식만 3번, economic class의 좁은 좌석에 끼어 사육당하는 수백 명의 사람들. 그리고 소화불량으로 기내를 어슬렁거리는 나. 그래도 100만 원도 안되는 돈으로 지구 반대편에 데려다주는 은빛 날개에게 경의를~ 서쪽으로 향하는 비행기는 해가 지는 쪽으로 이동하기 때문에 해가 아주 천천히 지는 것처럼 느껴진다. 덕분에 해질녘의 빛과 구름을 질리도록 볼 수 있었다. 초등학교 시절 처음 탄 비행기에서 아래로 내려다보이는 반짝이는 솜털 구름을 봤을 때, 그 위로 턱하고 뛰어내려 눕고 싶던 충동의 기억이 잠결에 스쳐갔다.

비오는 고속도로

젖은 도로는 안다
휘청휘청 달리는 나도
쉴 곳을 향해 가고 있으며
내일
혹은 몇 분 후에 구름 사이로 햇살을 보게 될 것을

늘 이런 식이다. 영국 날씨는. 후드득 빗방울이 내리는가 싶더니 부슬부슬 비가 내린다. 그러다가 언제 그랬냐는 듯 햇살이 비추다 다시 빗방울. 어느 날엔 갑자기 우박이 내리다가 5분 만에 햇살이, 그러다가 다시 5분 만에 우박이 내린 적도 있다. 이런 변덕에 영국 사람들은 우산을 쓰지 않고 방수 점퍼를 입고 다닌다. 영국 생활 며칠 만에 우산을 놓고 다니게 된 나는 기억하게 되었다. 유년 시절 여름날 소나기를 온 얼굴로 맞던 상쾌함과 젖은 풀내음을.

휴게소(Services)

한참을 달려서야 깨닫는다
너의 창백함도
나를 위한 안락이라는 것을

너는 언제나 있어야 할 곳에 있고
나는 언제나 네가 필요할 때만 너를 찾는다

괜찮겠니 잠시 기대앉아 쉬어도

Crocus in Cambridge

영국의 회색 하늘과 늘상 뿌리는 비는
사계절 푸른 잔디와 들꽃들
그리고 온 나라를 뒤덮고 있는
정원들을 잉태한 축복이 되었다.

나를 만든 것은 무엇일까

스무 살
서정주의 시를 빌어
'나를 만든 건 팔할이 바람이다'라는
글을 쓴 적이 있다.

늘상 뿌리는 비와 바람은 내게 축복이 될까

죽기 전에 꼭 들어봐야 할 음악

Cambridge University의 King's college 성당에서는 매일 저녁 찬송 예배(choral service)를 드린다. 우연히 알게 되어 줄서서 들어갔다가 사진에 보이는 성가대석 너머에서 한 시간 남짓 찬송 예배에 참여하게 되었다. 천상에 음악이 있다면 바로 그런 것일까. 저음과 고음이 씨줄 날줄이 되어 성당을 압도하는 거룩한 베일로 사람들 위를 덮는 것 같았다. 예배가 끝나고 성가대가 사람들 앞을 지날 때 다시 한번 놀라지 않을 수 없었다. 청년들 사이에 어린 아이들이 섞여 있는 것이 아닌가. 복잡하고 까다로운 합창곡들을 소화해 내는 그네들의 능력과 목소리에서 고딕 성당의 웅장함을 넘어서는 인간의 아름다움을 확인했다.

Kiss & Hug

90년대 대학에서 Shakespeare를 강의하시던 정년을 앞둔
노교수님의 뜬금없던 말씀,

"캠퍼스에서 키스하는 커플을 볼 수가 없네.
이렇게 낭만이 없어서야…"

유럽에 와서 교수님의 말씀을 떠올리면서 생각했다.
'죄송합니다. 교수님 저희가 정말 잘못했습니다. ^^'

자연스러운 것을 자연스럽게 하고, 자연스럽게 여기는 것.
그것이 자연스러운 게 아닐까.

Cambridge

What you can see in Hyde Park in London

세 번째 찾아간 런던, 이런저런 볼거리가 즐비한 그곳에서 찾아간 곳
은 넓디넓은 공원이었다. 처음 런던에 갔을 때 느꼈던 공원의 아름다
움과 여유로움 때문이었으리라.

횡단하는 데 족히 30분 이상 걸릴 정도로 넓은 Hyde park는 여행자
들의 휴식처이자 Londoner들의 운동장 겸 beach가 아닌가 싶다. 뛰
는 사람, 자전거, roller blade 타는 사람들 그리고 따스한 햇살 아래
일광욕(sun bath)을 즐기는 사람들, 도심 한가운데 공원은 그렇게 사
람들에게 넉넉한 여유로움을 주고 있었다.

그리고 무엇보다 나를 즐겁게 한 것은 공원 안 동물들이었다. 청설모,
백조, 오리 등 많은 동물들이 사람들에게 친근하게 다가온다. 비록 먹
을 것을 바라는 것이겠지만.

서울에도 쉴 만한 공원이 많이 있으면 좋으련만….
경복궁 잔디밭은 들어가면 안 되고 매점 근처 외에는 먹을 것도 먹으
면 안 된다는데 관리하기 편한 것 말고 사람들을 위한 휴식처가 되었
으면 좋겠다는 생각을 해 본다.

Lincoln

랭보는 말했다

사랑,
사랑에서 욕망과 소유욕을 빼면 무엇이 남느냐고

나는
둘을 뺀 그 나머지가 순수하고 진정한 사랑이라고 믿었다.

사랑에도 빛깔이 있고
수많은 사람만큼이나
다른 종류의 사랑이 있겠지만

이제와 인정하지 않을 수 없다
욕망과 소유욕도 사랑의 속성임을

그리고 사랑에도 유통기한이 있음을

꽃이 진다

꽃이 진다고 슬퍼말아라

봄
꽃은 피고
꽃은 진다
여름
꽃은 피고
꽃은 진다

꽃이 진다고 슬퍼말아라

기억하고
기다리라

오늘은 오늘의 꽃을
내일은 내일의 꽃을
사랑하라

in a garden, fulwood, Sheffield

Dandelion

프랑스어에서 유래한 '사자의 갈기'라는 뜻의 이름

민들레 홀씨는 Dandelion clock이라고 부르며
한 번씩 불면서 one o'clock~!, two o'clock~!
이렇게 놀기도 한다고 옆집 아주머님이 얘기해 주셨다.

생명력이 무척 강해서
어디서나 잘 피는 꽃
민중의 생명력을 상징하는 노래 가사로 쓰였던 기억도 나는데
정원에서는 뽑아내야 할 골칫거리가 되고 말았다.

그래도 좋다.

끈질기게 살아가기….

PHOENIX
RISING FROM THE
ASHES

Well dressing

the Peak District of Derbyshire에서 우물이나 샘 등 수원지를 꽃으로 장식하는 전통행사.

삶을 계속하게 해 주는 물에 대한 감사와 풍요의 기원을 담아 셀 수 없이 많은 꽃잎으로 그림을 만들어 여러 주제를 표현하는 것이 놀라웠다.

많은 Well dressing 작품 중에서 피닉스를 주제로 한 것이 눈에 띄었다.

천년의 생명이 다하면 스스로 나무제단을 쌓아 불을 피우고 그 불속으로 들어가 스스로를 태우고 잿속에서 부활하여 다른 천년의 삶을 시작하는 피닉스. 영원히 이어지는 삶의 의지를 표현하기에는 아이러니하게도 찰나의 아름다움을 상징하는 꽃잎이 무척 잘 어울린다는 생각을 해 본다.

window view, fulwood, Sheffield

Sheffield

스테인리스 스틸을 처음으로 만들어 낸 공업 도시였으나 포항제철(현 Posco)의 가격 공세에 몰락을 걸었던 도시. 그래서 South Korea에서 온 사람이란 얘길 하면 농담처럼 탓을 하는 사람도 있었다. 지금은 2 개 대학이 도시의 중심이 되었으며 그 대학 중 하나에 석사 과정을 밟기 위해 지인의 집을 저렴하게 임대하게 되었다. 언덕 위의 주택가 fulwood에 위치한 집, 2층 창문 밖의 풍경은 하루에도 몇 개의 계절과 날씨를 보여 주었다. 서울의 반지하 빌라에서 봤던 창문 밖과는 얼마나 다르던지…. 뒤뜰의 정원을 손질하며 식물의 성장과 생사를 배우고, 아침마다 정원을 찾아오는 새들의 소리를 들으며 잠에서 깨는 팔자에 없을 것 같은 호사를 누렸더랬다.

take time a bit more

to feel the sunset through the window

window view, fulwood, Sheffield

fulwood, Sheffield

Taking a walk after dinner

저녁을 먹고 집밖으로 나와 산책을 한다. 소박하고 정갈하게 꾸며진 앞뜰을 보고 집주인의 취향을 감상하고 훤히 보이는 창문 너머로 저녁 일상을 훔쳐본다. 5시 전에 일을 모두 마치고 가족과 식사를 하고, 시간 날 때마다 정원을 가꾸는 단순한 일상이 지루함이 아닌 평온함과 따스함으로 느껴진다. '한국에서 이렇게 살려면 얼마나 들까?' 한국인다운 돈 계산을 해 보다가 한심한 생각이 들어 지적에 있는 공원인지 공터인지 알 수 없는 곳으로 발길을 돌린다.

새벽

옆집 현관 위로 씩씩하게 자라고 있는 꽃과 가로등 그리고
새벽빛의 만남에 놀라 카메라와 삼각대를 찾아 나섰다.

Cherryblossom

영국의 봄날에도 벚꽃이 피었다.

눈 날리듯 꽃잎 지는 날
서정주 시인의 말처럼
그리운 사람이 그리워진다.

Schaber family 1

'Do you need my hand?'

정원에 빨래 널기

늘어진 빨래줄 가운데 막대를 세우고
빨래 하나 집게 하나 빨래를 널어본다
아주 일상적이고 사소한 노동의 즐거움을 느끼고
정원이 보이는 창가에 앉아
홍차에 우유를 타서 마시다
앗 어느새 비가 온다
다시 빨래를 걷을 시간

어렵게 바싹 마른 수건냄새에 괜한 미소가 퍼진다.

Schaber family 2

너를 보면 웃음이 나
한국 시골에서나 볼 수 있을 것 같은 영국 아이
두 팔을 벌리고 위로 올려다보며
"cuddle cuddle" 하면
안아 주지 않을 수 없는 아이

처음으로 아이를 사랑하는 법을 알게 해 준 아이

Schaber family 3

인물 사진은 사진을 찍는 사람과 모델 간의 정서적 거리와 신뢰가 중요하다. 마주하는 시선에서 연출되지 않은 본연의 무언가가 나오는 순간, 바로 그 순간의 빛을 기록하는 것은 사진가에게는 큰 기쁨이 아닐 수 없다.

아이리시 댄스와 수영을 좋아하고 당연하게도 핑크색과 유니콘을 좋아하는 발랄한 초등학생 소녀는 미래에 neuroscience를 전공하는 대학생이자 연구원이 된다.

Schaber family 4

쉽게 'overexcited'되던 장난꾸러기 울보 소년은 불 꺼진 정원으로 쫓겨나 혼나면서도 웃음과 장난기를 억누르지 못하였으나 미래에 소년 합창단의 일원으로 해외공연을 다니다가 산업디자인을 전공하는 청년이 된다.

남자 어린아이는 모두 울보 개구쟁이가 아닌가 싶기도 하다.

Schaber family 5

걸음마를 갓 시작한 아기가 걸레를 입에 물고 빨고 있어도 "Good
boy. Well done." 말하며 지켜보고만 있는 아버지는 어떤 사람인가?

무뚝뚝한 듯 보이지만 세심하고 따듯한 사람. 영국의 느린 시간에 딱
맞는 템포로 걸어도 보폭이 길어 성큼 아이들을 따라갈 수 있는 사람.

Peak District

Peak District

fulwood에서 20여 분 차를 타고 가면 마주할 수 있는 국립공원. 이름과 달리 높이 솟은 봉우리는 찾아볼 수 없다. 높지 않은 언덕, 구릉 계곡이 있지만 인적 없고 황량한 넓은 땅이 대부분이다. 심지어 나무도 별로 눈에 띄지 않는다. 키 작은 관목 헤더(heather)가 꽃을 피울 때면 분홍 안개가 바닥에 깔린 듯 황홀한 풍경을 자아내지만 대부분의 시기에는 바람이 주인인 곳.

옆집 할아버지는 주중에는 집수리 일을 하고 매주 일요일에는 하루 종일 이곳을 걷는다. 영하의 날씨에도 비가 쏟아져도 그곳을 매주 찾는 한결같음은 어디에서 오는 걸까. 얼마나 많은 계절과 풍경이 한 사람 안에 담길 수 있을까.

Peak District

한 그루 나무
한 마리 양

그런 풍경에 더 눈길이 가는 이유는 뭘까

한 개체로 온전한 시선을 주고받을 수 있기 때문일까
혼자여도 괜찮다는 자기 위로를 하고 싶은 걸까

Lake District

새벽 호수

새벽 호수에 작은 배
늙은 어부는
그물을 내린다

하루의 양식을 위한
하루의 기도
하루의 감사

그의 치열함 속 평안을 기원해 본다

Highland

Highland

앞이 보이지 않을 정도로 쏟아지는 비를 뚫고 스코틀랜드 북부 Highland 를 지나고 있었다. 잠시 빗길에 미끄러진 차의 방향을 바로잡고자 반대로 핸들을 돌리는 순간, 맞은편에서 큰 트럭이 다가오고 있었고 이를 피하려 급히 핸들을 다시 돌렸다. 가까스로 트럭을 피하고 갈지자로 출렁이던 차를 갓길에 세우고 나서 한참이나 멍하니 앉아 있었다. 트럭에 충돌할 수도, 차량이 전복될 수도 있었던 상황. 죽음을 빗겨나고 나서야 남겨두고 온 모든 사람과 사물들이 내게 어떤 의미였는지 생각하게 되었다.

사람은 누구나 죽는다. 그렇게 간단하고 분명한 사실을 잊고 살아가는 존재. 그것이 '나'이고 누구나 그런 것 같다. 생은 선물처럼 주어진다. 돌이켜보면 내겐 그러했다. 하지만 짐처럼 여기고 살아간 날들이 많다. 적어도 그 하루는 살아 있음에 감사하지 않을 수 없었다. 다음 날들을 기다리며.

Rainbow in the Isle of Skye

생과 사의 경계를 잠시 경험시켜 준 폭우가 그치고 스카이 섬에서 맞
은 아침에는 선명한 무지개를 볼 수 있었다. 무지개가 너무 선명해서
무지개 끝 금화를 찾을 수 있었지만 그냥 두었다. B&B에서 아침을 두
둑하게 먹었고 낡은 자동차는 아직 잘 굴러가고 있으니….

Isle of Skye

Isle of Skye

양들이 한가롭게 차를 막아서는 스카이섬 끝자락에서

33평 아파트와 바꾸고 싶은 집을 만났다

33평 아파트가 없다는 게 사소한 문제

Scotland

낮게

낮게 고개 숙여봅니다
짙은 풀내음

바람은 여행자의 친구

그 속삭임을 따라
물가 풀밭에서 쉬었습니다

Chapter 2 *In France*

Romantic Iron

처음 만들어질 때 삭막한 철골 구조물이 파리에 어울리지 않는다고 많은 예술가 및 시민들이 반대했다던 에펠탑(the Eiffel Tower). 낮에 가까이서 보면 좀 삭막해 보이기도 하지만 밤 풍경은 낭만적으로 보인다. 강철로 만든 탑이 파리 낭만의 상징이라니… 그 강철 덩어리가 잘 보인다는 곳을 찾아서 많은 사람들이 언덕 위로 오른다. 나도 따라 오른다.

Sunset in the city

7월 파리의 해질녘 하늘,
숙소에서 저녁을 만들어 먹고 난 후
무심코 창문을 열고 바람과 구름과 빛이 만들어 낸 노래에 취해
연신 셔터를 눌러대고 말았다.

도시의 노을은 시골의 그것보다 더 붉다.
매연이 만들어 낸 진한 붉은색과 파란색의 대비는
그만큼 진한 욕망을 품고 사는 도시인들에게
아이러니한 위로를 주는 듯하다.

한 명

한 명 정도가 좋겠다
함께
잃어버린 물건을 열심히 찾아줄

한 명 정도가 좋겠다
함께
나란히 앉아 바람 소리에 귀 기울일 수 있는

Jardin

des Tuileries

in Paris

사막과 오아시스

"What makes desert beautiful is somewhere it hides a well."

'The Little Prince' Saint-Exupery Antoine de

사막같은 삶이 아름다울 수 있는 것은
당신을 발견하고 당신과 함께할 수 있기 때문이야.

충고

누구에게나 일상은 번잡하고 고민이 끊이지 않는다.
먹을 것, 입을 것, 건강, 사람, 미래, 괴로웠던 과거 등등
미운 사람도 생기고, 자신이 싫어지기도 하고

세상 다 산 사람 같게도 가끔은
아주 멀리서
사람들을 그리고 자신을 바라보며 생각한다.
그렇게 대단한 일들인가?
한 세상 살다가 가면서
욕심 부리고 그 욕심을 이루기 위해 머리를 쥐어짜야 하는가?

개인으로 보자면 조금 덜 가지고
사람에 대해서도 욕심을 덜 내고
자신에게도 조금 관대하고
그리고 좀 더 사랑하면 되지 않을까…
생각하다가도

좀 더 큰 관계 속에서 보면
이런 생각들도 정치적이고
누군가와 충돌할 수밖에 없다는 생각이 든다.

가치관, 삶의 방향이 확고하면 생기는 갈등은 존재할 수밖에 없는 것
그것도 너그러이 받아들이고
자기 삶을 살아야 하리라.

그런데 어떻게 살아야 한다지?

'무가치한 것에 덜 고민하고 괴로워하며
하루 세 끼의 밥에 만족하기'
동상 위의 비둘기가 충고해 주었다.

참 어려운 충고시다.

가난과 자유

자유는 용기와 맞닿아 있다
다르게 살 수 있는
가진 것을 버릴 수 있는

안락함을 버린 당신은
도심 속에 홀로 낮잠을 즐긴다

추락

잘린 팔조차 무거워
네가 떠나기를

모가지를 꺾어
벗은 광대이자 무거운 허수아비 노릇에
안녕을 구하기를

Jardin des

Tuileries

in Paris

마주침

대문살 사이로 눈이 마주쳐 버렸다
멈칫
서로의 존재를 탐색한다
너의 눈에는 낯선 냄새를 풍기는 내가
무엇으로 보일까?
방해했다면 미안

서로의 눈 속에 비친 자신을 보고 놀라
각자 제 길을 간다

친구 1

너와 다시 전 존재를 담은 악수를 나눌 그 날을 기다리며

Loire Valley

구름 공장

프랑스 중부 어느 시골 길
구름 공장을 만났다
구름이 피어나는 그곳을 향해
무지개를 쫓듯이
낡은 차를 몰았다
그 끝에서 맞이한 것은

공장

구름 공장이 아닌
매연 공장

희망이라고 강요하는 것의
혹은 스스로 믿어 버린 것의
진실은
때로
참혹하다

아를 *Arles*

사방에 보랏빛 프렌치라벤더가 피어 있을 것만 같은 프랑스 남부의 작은 도시 아를. 빈센트 반고흐의 자취를 찾아 들른 그곳에는 친절하게도 그의 작품의 대상이 되는 장소 앞에 작은 그림 현판이 있었다. 그림 속 노란색 차양이 드리워진 까페는 아직 변치 않는 외형을 가지고 있고, 그가 입원했던 병원, 자주 가던 술집, 푸른 밤과 노란 별을 그린 강가('론강의 별이 빛나는 밤'), 자취방, 심지어 다리 그림('Trinquetaille Bridge') 속 어린 나무는 그 자리에서 키 큰 어른 나무가 되어 있었다. 100년 이상이 지났는데도 그의 흔적이 남아 있는 것은 작품의 인기와 가치 때문이겠지만 생전에는 900여 점의 작품 중 단 한 점만 판매될 정도로 그는 인정받지 못하는 화가였다고 한다. 실패, 가난, 존경하던 화가 고갱과의 갈등, 환각을 부르는 술 앱상트, 스스로 자신의 귀를 자를 정도의 광기, 이 모든 것들이 휘몰아치는 패턴과 거친 터치, 불타오르는 노란색과 붉은 색을 특징으로 하는 그의 작품을 만들어 내지 않았나 싶다. 절망과 광기에 빚진 그의 그림이 사람들의 마음을 움직이는 것은 왜일까. 공명(共鳴)이 아닐까.

Auvers sur Oise

빈센트가 마지막 생애를 보낸 곳 오베르 쉬즈 우아즈에 들었다. 그의
무덤이 있다는 공동묘지에 갔으나 실제 그의 무덤을 찾기까지는 한참
이 걸렸다. 꽃이 조금 많을 뿐 다른 무덤과 별 차이가 없을 정도로 소
박하고 평범한 무덤과 비석이었기 때문이다. 빈센트 옆에는 평생 그
의 경제적 후원자이자 정서적 지지자였던 동생 테오의 무덤이 있었
다. 그리고 그의 유작으로 알려진 '까마귀가 나는 밀밭'의 실제 풍경을
보러 발길을 옮겼다. 밀 대신 얕은 풀들이 덮고 있는 들판 앞에서 그
림 속 까마귀들, 어두워져 가는 하늘의 짙은 파란색과 겹쳐지며 날고
있는 검은 까마귀들을 떠올리며 한동안 서 있었다.

Loire Valley

happy sad

"Your problem is that you're not happy being sad.

But that's what love is, Cosmo.

Happy-sad."

                        - movie script 'Sing Street'

Nice

비상

기억나지 않는다
내 날개를 스치던 바람

발밑에 부딪히는 끈적한 공기

스스로 날개를 꺾어 버린
어린 너를 보며

함께 울지도 못하는

Chamonix

Chamonix-Mont-Blanc

샤모니 알아요?
몽블랑은?

섬유 유연제와 만년필의 이름이기도 한
그곳에서
만년설을 보러 산악기차에 올랐다

창밖으로 날리는 눈바람을 보며
발끝으로 느껴지는 히터의 따스함에 안도한다

만년 동안 쌓인 이야기에 귀 기울이고 나서
아주 짧은 나의 이야기를 들려주었다

다시 만날 때까지 안녕

Avignon

막다른 길

생은 예기치 못한 일로 가득하다

앞일을 예측할 수 있는 일인 양
이것저것 계획하지만
어느 순간
전혀 예상치 못한 곳에서 막다른 길을 만난다
한 발자국도 옮길 수 없고
내 힘으로 부술 수 없는 담이 있는

다행인 것은
전혀 예상치 못한 곳에 돌파구가 있기도 하고
막다른 길을 인정하고 돌아서 되돌아갈 수 있기도 하거니와
문득 눈길을 돌리면 돌 틈이나
척박한 빈터에 작은 생명이 자라고 있음을 볼 수도 있다

나처럼 하찮으나
희망의 징조인 양 눈부신

Chapter 3 **In German**

Erlangen

독일인 이야기 1

Erlangen이라는 작은 도시에 들러 1960년대 간호사로 독일 취업 이민을 오셨던 할머니 집에 하룻밤 신세를 지게 되었다. 지난 사진들을 보며 독일인 의사와 결혼한 이야기, 자식들 이야기, 연금 생활자의 일상 이야기를 들었다. 외화벌이의 역꾼으로 말도 통하지 않는 먼 외국으로 떠나 40년을 살아온 사람의 삶을 헤아려 보기에는 하루 저녁의 시간이 너무 짧았을 것이다. 함께 자주 가시는 교회에 들러 기도 드렸다. 편안한 여생을 보내시길.

Freudenstadt

Black Forest

검은 숲길을 따라 차를 몬다
소실점을 향해

생의 쉼표를 찾아

독일인 이야기 2

뮌헨, 호프브로이에서의 물에 데친 소시지와 맥주로 기억되리라 기대
했던 그곳에서 지인의 소개로 전문 통번역가 A씨네 집에 며칠을 보내
게 되었다. 30대 중반쯤 되어 보이는 외모에 약간 들뜬 얼굴로 첫인사
를 던지던 사람. 나중에 듣기로 오랜만의 손님이라 실제 약간 흥분된
상태였다고 한다. 약간 덜 익힌 듯 오독오독 씹히는 야채가 특이하고
새로운 맛이었던 주인장의 파스타와 맥주를 마시며 서로 발그레한 얼
굴로 많은 얘기를 들었다. 여행하다 만난 연하의 독일 남자와 사랑에
빠져 급하게 결혼을 하고 오래지 않아 이혼, 독일에 남아 생계를 위해
시작한 통역일이 인정받아 여러 전문적인 의뢰를 받는다는 그녀의 목
표는 전남편을 능가하기 위해 박사학위 받기, 언젠가 건강한 아이를
낳기이다. 이를 위해 취미로 마라톤을 하면서 희열을 느낀다는 그녀
는 때로 심산할 때 베토벤의 교향곡 '운명'을 오디오 볼륨을 최대로 해
서 듣는다면서 시범(?)을 보여 주기까지 했다. 들뜨고 수줍은 얼굴로
이야기하던 모습이 기억에 남는 그분은 지금 어떤 삶을 살고 있을까?
이전 그녀의 삶이 예기치 않았던 방향으로 흘렀듯 이후의 삶도 그러
할까? 아니면 박사이자 엄마가 되셨을까? 조금 쓸쓸해 보여도 따뜻하
고 건강한 사람이었기에 그분에게 어울리는 삶을 살아갔으리라.

a summary of a life

내가 그러했던 것처럼
누군가 몇 줄의 요약으로 내 삶을 이야기한다면
어떻게 쓸까?

보지 못했는데도
벌써 억울한 느낌이다.

Köln

'tranquility'

hope you could find it

against all winds

Berlin

미대에 등록한 안젤라 아줌마는 미친 듯이 그림을 그렸다. 그림을 그리는 동안 안젤라 아줌마는 자신이 이 세상의 모든 것인 동시에 유일한 존재라는 사실을 깨달을 수 있었다.

'네가 누구든 얼마나 외롭든' 김연수

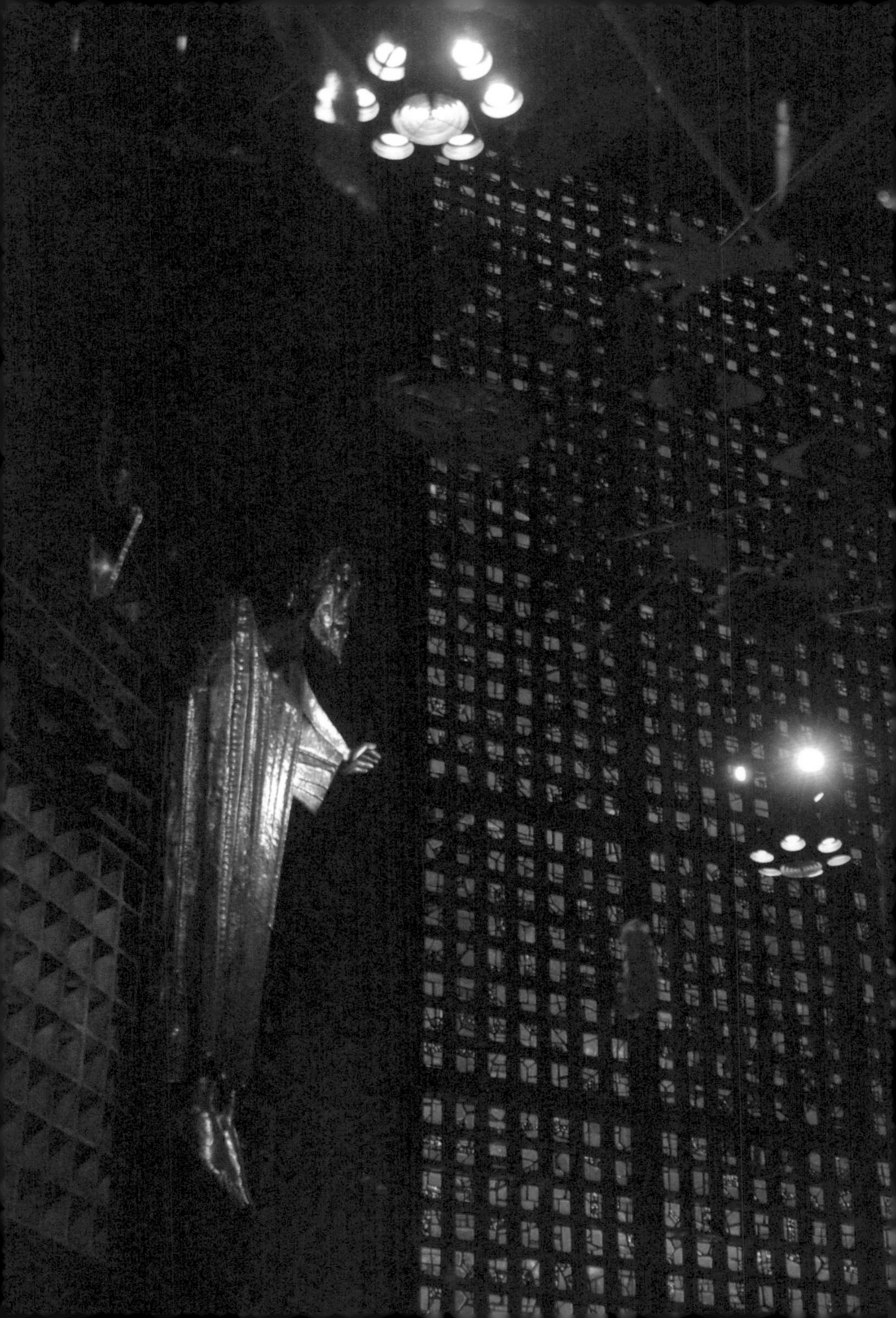

카이저 빌헬름 기념교회

2차 세계대전 폭격으로 폐허가 된 성당을 복구하지 않고 그 옆에 참혹한 전쟁을 기억하고자 세워진 교회 안으로 들어선다. 스테인드글라스를 통해 사방으로 들어오는 푸른빛을 받으며 고통과 슬픔에 대해 생각해 본다. 잊어야 하는, 잊을 수 없는, 잊지 않아야 하는 것들에 대해 생각하며 손을 모은다.

Nurnberg

열일곱이 서른셋에게

서른셋이 말했다
넌 비겁하게 도망치는 거야

열일곱이 말했다
난 용기있게 도망치는 거야

서른셋이 말했다
학교가 감옥이니?

열일곱이 말했다
학교는 감옥이야

서른셋의 간수는 말이 없어졌다

Nagold

해마다 허리는 조금씩 굵어졌다
막걸리 몇 사발, 철 따라 들이키며
해와 달 삼키고 토해 내고
때로 손짓 발짓으로
나비, 벌들을 불러모으고

잠이 오지 않는 긴 겨울밤에는
발가벗고 서서, 도색영화를 빌려 보았다.
발끝이 시리고 다리가 저렸다
목구멍에서 파란 잎들이 꾸역꾸역 미려나오고
목덜미에도 손등에도 하양 꽃이 피어나는
외로움 때문에 부풀어오르는 몸

　중략

기억에 관한 구멍 여기저기 뚫려 있었다
철없는 벌레들 기어나가고 들어왔다
꼬리 잘린 청설모, 가랑이 찢어진
달빛 물고 나타났다
연한 살 구석구석 빛이 조금 스머들었다
어둠도 따라 들어왔다

'나이테' 황경식

발트해

두근두근

걸음을 옮길 때마다
가슴이 뛴다

짠 내음을 실은 바람으로 먼저

그리고
수평선

땅의 끝은
새로운 세계의 시작

가슴이 뛴다

Rostock 1

바다

스무 살의 바다
그 이름을 듣는 것만으로도 가슴이 뛰었다

휴양지와는 거리가 먼
독일 북부 해안을 찾던 날
평온한 어머니의 품같은 바다의 이미지는 없었다
황량하고 거친 황야와 같은 곳
쉴 새 없이 두 뺨에 부딪히는 모래
귓속에 휘몰아치는 거센 숨소리

그날의 바다는 내게 삶의 날것을 알려 주는 듯했다
거칠고, 외롭지만
생명이 꿈틀거리는
황량함 속의 휘몰아침
광풍 속의 고요

작은 모래알 같은 존재이지만
나 또한 살아 꿈틀거리는 생명,
살아 있다면 살아가리라

Rostock 2

내 다리는 묶여 있다

너의 손짓에도
나는 고개를 숙인다

누가 정착을 안락이라 했던가

네 품에서
부서질 날을 기도한다

Rostock 3

언제였을까
어머니의 품속

깊은 출렁거림 속에
충만함

살아있다는 것의
생생함과
치열함

이제

나는 이렇게 부서진다
기억이 새겨진 결을 따라
다른 생의 일렁거림 속으로

Freudenstadt

prayer

누가 앞날을 예상할 수 있을까
때론 소나기가
때론 햇살이 비춘다
아무리 똑똑한 사람도 피하거나 마냥 기대할 수는 없는 노릇
기상청을 믿을 수 없듯

어떤 것도 견딜 수 있는
용기와 지혜를 달라고 기도할밖에

sababurg

lost in woods

길을 잃었습니다
길을 찾는 데 시간이 조금 걸릴 것 같습니다

시간이 꽤 지난 후 알게 되었다

약속, 다짐, 결심의 말들이 얼마나 힘이 없는지

흩어지고
빛바랜 말들이
내 기억 속에서조차
언젠가 사라지겠지

지키질 못할 약속은 하지 않는 게
진실하게 살아가는 방법일지도

영원이라는 말은
인간에게는
아니 적어도 내게는
반짝이는 약속의 말이 아니라
덧없음의 동의어가 되어 버렸다

Mainz

Freiburg

can you see

보이니
눈을 들어 멀리 보렴
발아래 눈과 찬바람은 잠시 잊고
저어기 멀리

Chapter 4 *In other western European countries*

Amsterdam

반고흐

고흐의 초기작을 볼 수 있는 반고흐 뮤지엄에 들렀다.
청년시절 목사의 꿈을 이루지 못하고
예술을 통해 구원의 뜻을 이루고자 화가가 되기로 한
가난하고 못 배운 화가 빈센트
모델을 구할 돈이 없어 가난한 촌부들을 모델로 그린
그의 초기작들은 어둡고 거칠고 어설프지만
그의 신앙과 꿈이 그 안에 따스한 빛을 비추고 있는 듯
보였다.

친구2

지루함도 기꺼이 나누던

Luxembourg

포옹

대학 시절을 내내 같이 했던 친구와
나의 뒤늦은 입대를 앞두고
신길역 승강장에서 포옹을 했다

갈비뼈가 느껴지는 앙상한 두 남자의 포옹
서글프고
뜨겁다

가난한 일상과 우울에 맞서 물러서지 않던
너는 그렇게 말랐나 보다

휴가 때 3킬로그램쯤 찐 나를 보고 돼지라고 놀리던 친구

언젠가 너를 꼭 돼지라고 놀리고 싶다

Brugge

성베드로 성당 *Basilca di San Pietro*

지구상에서 가장 큰 성당의 규모와 예술 작품들에 압도되었다. 그도 그럴 것이 가톨릭 교회에서 베드로 성인의 시신이 안치되어있는 그 성당보다 더 큰 성당을 지을 수 없도록 했다고 한다. 하나님의 영광을 드러내기 위해 엄청난 재정과 미켈란젤로 등 당대 최고의 예술가들을 동원하여 100년 넘게 지어진 성당이기에 비신앙인이 들어가더라도 왠지 경건한 마음을 품게 되는 그곳. 하지만 성당 건설로 인한 교황청의 재정 악화로 인해 면죄부 발행의 원인이 되었고 이는 다시 종교개혁의 불씨가 되었다고 한다. 화려함 뒤에 가려진 역사의 아이러니 앞에 신과 인간에 대해 생각해 본다. 큰 교회나 불상이 과연 신의 뜻일까? 인간의 욕심이나 필요가 아닐까. 신의 뜻을 팔아 권력이나 돈을 좇는 자를 심판하실 신이 계시기를….

Do you need my hand?

That's ok.

You got sunburn.

That's ok.

Capri

Chapter 5 *In Korea*

섬

먼 바닷가에 홀로 떠 있는
섬이 된 기분입니다

발끝이 닿을 듯한데
허우적대기만 하네요
숨기 다하기 전에
용기를 내어 물속으로 들어가 볼까요
바닥을 차고 오르게

승봉도에서 바라본 작은 섬

안김

누구든 안길 누군가가 필요할 때가 있다

안김과 안음
그 용납의 순간
따듯함은 나눔으로 생기를 찾는다

누구든 안아 줄 누군가가 필요할 때가 있다

승봉도

중학생 때 필독서 '갈매기의 꿈'을 읽고 치열한 삶과
한계를 극복한 빛나는 존재에 대한 동경을 가졌다.
평범한 삶을 유지하는 것조차 죽을힘을 다해야 한다는 것을
알게 되면서
꿈꾸지 않는 혹은 꿈을 포기한 평범한 갈매기들 편에 서게 되었다.

빛나지 않아도 괜찮아. 오늘 하루 살아가느라 수고했어.

장봉도

지리산

지리산종주

한 걸음 77㎝가 모이면 어디에 이를 수 있는지
등산이 가르쳐 준다.

하지만 여름 지리산 종주는 비와의 싸움
쭈글쭈글 발가락 발바닥
호기롭게 채웠던 새로 산 100리터 배낭과
지친 동료들이
하산을 종용했다.

그래 꼭 이번이 아니어도 괜찮아

함께이기에 이룰 수 있는 것도 있고
함께이기에 포기해야 하는 것도 있다.

rain

아스팔트 위로 비가 쏟아지던 밤
10층 발코니에 걸린 방충망 사이사이에도 빗방울은 들어왔다

머얼리
어느 숲속 계곡에도 비는 내려
잠자고 있던 어린 새들을 깨우겠지

아파트 안에서도
빨래는 젖어
무겁고 먹먹하다

염전 인천

reflection

과거로 시간을 돌린다면 다른 삶을 살 수 있을까?

아니, 그런 상황이고 그런 사람이기에 그런 선택을 했으리라.

잠시 다른 선택을 하더라도 다시 그 자리로 돌아가리라.

겨울비

초 겨울비는 스산하기만 합니다
아직 익지 않은 단풍잎이 발밑에 차이는 교정을 지나
소란스러움을 멀리하고
자신에게로 한걸음 다가가 봅니다
언제는 웅성거림에 자신이 속한 것이 안도였으나
지금은 올곧이 나를 바라보는 시간이 필요한 것 같습니다

겨울

더 추워지더라도
겨울이 끝이 아님을 알기에

옷깃을 여미더라도
한걸음

흐린 겨울 하늘에 입김을 불어 봅니다

사막을 걷는 사내

사막을 걷는 사내는 생각한다
단 한 그루의 나무 그늘만 있으면 살겠노라고
사막을 걷는 사내는 생각한다
그리고 나무 옆 오아시스
그리고 오두막
그리고 찬바람이 부는 저녁 손잡아 줄 아내
그리고 무릎 위에 잠든 아이가 있으면
살겠노라고

신도 구원할 수 없는 불모의 땅을 기어이 걸어내지 않고서는
아무것도 얻을 수 없음을 사내는 안다
지평선 너머 그곳에 도달하더라도
아무도 반기지 않을지 모르지만
지금 푹푹 끌어당기는 모래사막을 걷는 그에게
단 한 평의 그늘이 희망이다

두물머리

두 번은 없다

시인 쉼보르스카는 '두 번은 없다'에서 인생이 한 번 이기에 아름답다
고 말했다.

영원을 경험해 보지 못한 우리가 영원한 사랑, 영원한 사후의 삶을 이
야기 하는 것이 얼마나 어리석은가 생각해 본다. 1년 내내 피는 꽃이
매일 아름답게 느껴질까?

현재는 한 번이고 다시 돌아오지 않는다. 그렇기에 더 소중하다.

사라질 오늘과 사라질 사람 그리고 사라질 사랑을 꼭 끌어안고 지금
을 살고 싶다.

제주 사계리 형제섬

눈 내리고

눈 내리고

손 뻗어 닿은
내 기억도
차다

질펀한 아스팔트 위로
하얀 배가 손을 흔들고

귓가에는 윙윙
떠난 사람들의 인사가 어른거린다

겨울밤에 혼자
언 자판 위로 손을 호호 불어본다

사계 해안도로

올레

지금은 마음의 고향이 되어 버린 제주를 처음 찾은 것은 재수생 때 친구와 함께였다. 남해에서 배를 타기 전 밤을 보냈던 여인숙의 좁은 방과 옆방 아저씨의 기침소리, 그리고 제주에서 처음 본 야자수가 기억에 생생하다. 그리고 몇 번 제주를 방문했지만 제주의 아름다움에 깊이 빠지게 된 것은 올레길을 걷기 시작하면서부터이다. 올레가 조금씩 알려지기 시작할 때 단출한 배낭을 꾸려 혼자 길을 나섰다. 1코스에 가까운, 지금은 문을 닫은 둥지황토마을 게스트하우스에 숙소를 잡았다. 자리가 있냐는 문의 전화에 "일단 오세요."라는 황당한 응답을 받았지만 막상 도착해 보니 왜 그런 답을 했는지 수긍이 갔다. 침대자리가 없으면 거실에 자면 그만, 만오천 원에 잠자리를 제공하는 그곳은 당시 가난한 여행자들의 베이스캠프같은 곳이었다. 주인아저씨가 낚시로 잡아 온 자연산 회와 함께 시작되는 저녁의 술판은 낯선 사람들이 올레와 여행이라는 하나의 주제로 시끌벅적 어울리는 축제와 같았다. 다양한 나이와 다른 성별의 사람들이 여행 정보를 나누고 다시 못 볼 타인이기에 오히려 쿨한 척 자신의 속내와 어려움을 털어놓는 그 자리가 낯설고도 따뜻하게 느껴졌다. 다음날 아침 지난밤의 난장을 정리하는 아저씨가 스태프가 아니라 한 달간 머물고 있는 여행자라는 이야기를 직접 듣고 그 여유와 자유로움이 무척 부러웠다. 그리고 걷게 된 올레 1코스는 제주의 숨은 자연과 마을길의 아름다움에 더해 혼자 걷는 도보 여행의 즐거움을 깨닫게 해 주었다.

올레의 시간

끝나지 않을 것 같은 길을 따라 생각이 계속 이어질 때
몸이 지쳐 갈 때 즈음 생각이 사라지고
내딛는 발과 숨소리만 의식하게 될 때
아무도 없는 숲길, 마른 나뭇잎에 비가 부딪히는
소리가 선명하게 들릴 때
친구와 함께 걸으며 지난 이야기를 나눌 때
타인과 걸으며 친구가 되어갈 때
한여름 오름을 오른 뒤 바닷물에 뛰어들 때
땀으로 젖은 길의 중간, 물회 한 그릇과 맥주 한 병을 비우고
평상에서 낮잠을 청할 때
아무도 지나지 않은 눈길에 발자국을 내며 올레 리본을 찾아 헤맬 때
오름 위에서 노을빛이 변하는 것을 지켜볼 때
젖은 양말을 벗어 말리며 길가 카페에서 커피를 마실 때

그중 최고는 폭풍 속의 올레
온몸을 적셔 버리는 비와 바람
그리고 파도

폭풍 뒤

우연이었다
센 바람과 비 개인 뒤
맑은 하늘 사이로
성급하게 떠오른 별과
여운처럼 남아 있는 빛

게스트하우스 2층 난간 위에
카메라를 올려두고
노출 시간을 길게 늘여
셔터를 눌렀을 때

그때는 알지 못했다
그 순간의 아름다움을
이렇게 기억하게 될 줄은
그 이후의 시간들을 이렇게 추억하게 될 줄은

너를 붙잡기엔

내가 너무 흔들려

제주 사계리 형제섬

"오로지 상처받은 마음에서,
오로지 그리움에서
새로운 것이 나온다."

'하루를 살아도 행복하게' 안젤름 그륀 신부

한 사람을 만난다는 것

한 사람을 만남으로
한 세상을 보게 되었습니다

한 사람을 만남으로
잊었던 기쁨과 눈물을 얻게 되었습니다

한 사람을 만남으로
다른 길을 걷게 되었습니다

달몽

'달의 꿈'이라는 뜻의 술집 이름을 따서 이름을 지은 나의 첫 번째 고양이. 엄마에게서 떨어져 길에서 울고 있던 아이를 잠시 맡아 대신 입양을 보냈는데 피부병 때문에 파양되어 결국 내가 키우게 되었다. 처음 와서는 겁이 많아 하루 종일 소파 아래 숨어 있다 먹이 먹을 때만 잠시 얼굴을 보여 주던 그 녀석은 어느새 내 껌딱지가 되었고, 덩치는 점점 커져 5kg이 넘는 '가필드'만 한 거대 고양이가 되고 말았다. 주인이 아닌 고양이 집사가 된 나는 녀석이 보고 싶어 퇴근을 서두르게 되었고, 침대에 누워 있으면 옆구리로 파고들어 잠을 청하는 달몽이의 온기를 느끼고 부드러운 털을 쓰다듬으며 안도감과 행복을 느끼곤 했다. 사정이 생겨 친구네 전원주택에 맡겼다가 동네 고양이들의 영역 싸움에 밀려 사라졌을 때 몇 주를 주말마다 그 동네 집과 뒷산을 돌아다니며 동네 고양이를 다 만나고 다녔었다. 한밤 중 내가 부르는 소리에 뒷산 언덕 어둑진 곳에서 "냐옹" 하고 대답하는 녀석에게 다가가자 어둠속에서 한 발짝씩 다가오는 야위고 기운 없는 달몽이의 모습이 눈에 선하다. 녀석은 나무에 찔렸는지 엉덩이쪽 살이 찢겨 있어 응급실로 향해야 했다. 산청에 있는 다른 고양이 집사 친구네 집으로 보낸 후 그 집 고양이와 평화롭게 동네를 돌아다니며 집을 오간다는 소식에 안도했지만 어느 날 바이러스성 불치병에 걸렸다는 연락이 왔다. 나날이 상태가 악화된다는 문자에 새벽길을 다섯 시간 운전해서 도착한 그곳에는 굳어 가고 있는 달몽이의 몸이 기다리고 있었다. "새벽까지 살아 있었는데…." 친구의 말에 다 큰 남자 어른 둘이서 한참을 울었다.

평범한 모녀

10개의 손가락과 10개의 발가락
지극히 평범하고
지극히 정상적인

사랑해 주는 어머니가 있고
보살펴 주는 아버지가 있는
그런 평범함이 감사하다

우리가 많은 것을 바쳐서라도 지켜야 할 평범함
우리가 감사해야 할 평범함

너는 좋겠다

햇살에 비친 그림자도 새로워서

새로울 게 없던 삶에

네가 있어

다행이야

참

할머니

밧줄로 가방을 묶어 등에 지고 나뭇가지 지팡이를 손에 쥐고 걷고 계
신 할머니 한 분을 보았다. 여행자와는 다른 일상의 고단함이 담긴 걸
음걸이와 평생의 노동으로 굽은 허리가 눈에 밟힌다. 나의 할머니도
그랬다. 시골에서 배운 것 없이 농사와 밭일로 1남 2녀를 키우느라 허
리가 굽은 할머니. 할아버지가 돌아가시고 시골을 떠나 낯선 서울 아
들네로 와서 친구도 없이 집에만 계시던, 한글을 몰라 어린 손자에게
무슨 뜻이냐고 묻곤 하시던, 더빙된 외국 드라마를 볼 때면 외국 사람
이 뭘 우리말을 저리 잘하냐며 놀라시던 할머니. 셋이나 되는 손자 손
녀들이 앉은 자리에서 김치전을 뚝딱 해치우면 어느새 다음 김치전을
접시에 올려 주시던 할머니. 말귀를 못 알아듣는 할머니를 때로 무시
하기도 했지만 화투로 운수떼기, 미나토 방법과 점수 계산은 할머니
로부터 배웠다. 집에서 말 안 듣는 손주들 돌보는 것이 일상의 전부로
보였지만 연립 앞 화단에 내 키만 한 토란들을 키워 내 어린 나를 놀라
게 하시기도 했다. 그런 할머니가 나는 불쌍했다. 화장실에서 넘어져
골반뼈가 부러진 후 다시는 일어서지 못하고 점점 쇠약해져 가실 때
는 더욱 그랬다. 그렇게 병상에서 할머니가 돌아가시고 교회 전도사
님 앞에서 '할머니 지옥가시면 어떡하냐고' 한참을 울었다.

할매

맨발에 고무신
어린 손자 손잡고

허리 아래춤 쌈짓돈은
손자 자장면

버스비 아까워
타박타박

플라타너스 세로 그늘아래
고무신 탈탈
매미 엥엥

자갈길
탈탈버스
먼지 폴 세엥

날아온 자갈에
손자 맞을까
치마폭 스쏙

시냇물가
손자 코 푸웅
고무신 잘박잘박

어린 놈 칭얼대는 소리에
면수건 속
알사탕이 든든

올레 14-1

지금은 사유지라는 이유로
접근이 금지된 구간에
담을 넘어 들어가 보았다

바람소리마저 젖은
그늘 속을
홀로 걸어 보았다

숲과 나
변한 것은 계절과 시간일 뿐인데
짧은 휴식 시간에도
무인의 숲이 두렵다

다시 이 길을 걸을 수 있을까
너와

난지한강공원

Bad day

주유소 앞에서 차가 서 버리고
찾아간 카페는 만원
차 앞 유리에는 주차 위반 과태료 스티커

친구는 선약이 있고
두 번째 카페도 만원
갈 곳이 없어 사무실에 앉았다

그렇게 벌써 저녁
고픈 배를 달래 가며
한강 공원을 홀로 걸어본다

강바람을 맞고 있는 벚꽃나무 아래서
낮게 소리 내어 본다
"I'm fine. Thank you~ and you~"

서울대공원

오래전 필름사진 하나

지난 사진 폴더를 뒤지다가

필름 카메라로 담았던 풍경에 눈이 갔다.

주제를 부각하려 가운데 두 명의 대비되는 인물 중심으로

사진을 잘라 보았다가 이내 되돌렸다.

트리밍을 하면 좌우 대칭과 안정적 구도, 인물의 심리적인 대비 등

주제가 더 드러나는 사진이 될 수도 있겠으나

벚꽃 날리는 날 여러 사람들의 정리되지 않은 모습에

오히려 마음을 끄는 무언가가 있는 것 같다.

지난 시간들은 필름 사진 그 이상으로 약간 흐릿하게 윤색된다.

아픈 시간도 달콤하게 느껴질 만큼.

오늘의 평범하고 지루한 일상도 사진으로 남겨진 후에는

서랍 속 사탕처럼 달콤하게 소비하게 될지도 모르는 일.

내 생일보다 오래된 수동 필름 카메라를 다시 꺼내본다.

7살 아들에게

하고 싶은 말이 너무 많지만 지금은 해 줄 수 있는 말이 많지 않구나.
네가 성인이 되면 누구에게도 하지 못한 내 이야기들을 모아 한 권의
책으로 들려주고 싶다.

네가 태어나고 하루도 쉬운 날은 없었지만
하루도 네가 사랑스럽지 않은 날은 없었단다.

처음 너를 안았던 날
처음 너와 손을 잡고 걸었던 날
처음 너와 나란히 자전거를 타고 공원을 달리던 날
그 순간들 모두가 눈물 나도록 감사하다.

내 사랑이 때로 네게 해가 될까 조심스럽다만
못다 준 사랑에 미안해.

202

epilogue

처음 이 책을 내겠다고 생각한 때로부터 10년이 지난 이제야 사진과 글들을 세상 밖으로 내보내게 되었습니다. 부끄러움은 당연한 몫이기에 아주 민낯을 드러내지는 못하다 보니 미안해질 사람들이 생길 것 같습니다. 미리 용서를 구합니다.

다 쓰고 보니 책의 제목과는 달리 어두운 글이 많습니다. 가장 행복했던 때조차 쓸쓸한 글을 쓰는 사람이 저인가 봅니다. 바라기는 때로 슬픈 노래를 듣고 위안을 받듯 제 글 또한 작은 위안이 되었으면 합니다.

출판은 하지만 홍보가 불가능한 상황이라 이 책을 들고 계실 독자님께 부탁의 말씀을 드립니다. *'Get one, Buy one!'* 캠페인에 참여해 주세요. 이 책을 누군가에게 선물 받고 마음에 드시면 온라인으로 주문후 누군가에게 선물해 주세요. '생의 쉼표 선물하기' 멋지지 않나요? 물론 그 캠페인은 제가 선물하면서 시작되겠지만 끝이 어떻게 될지는 독자님들께 달려 있습니다.

사실은 여기까지 읽어 주신 것만으로도 감사 인사를 드립니다. 사막 같은 삶에서 때로 쉼표를 찾으시길….

생의 쉼표

ⓒ 강승수, 2020

초판 1쇄 발행 2020년 9월 25일

지은이   강승수
펴낸이   이기봉
편집   좋은땅 편집팀
펴낸곳   도서출판 좋은땅
주소   서울 마포구 성지길 25 보광빌딩 2층
전화   02)374-8616~7
팩스   02)374-8614
이메일   gworldbook@naver.com
홈페이지   www.g-world.co.kr

ISBN   979-11-6536-786-2 (03810)

이 도서의 국립중앙도서관 출판예정도서목록(CIP)은 서지정보유통지원시스템 홈페이지(http://seoji.nl.go.kr)와 국가자료공동목록시스템(http://www.nl.go.kr/kolisnet)에서 이용하실 수 있습니다. (CIP제어번호 : CIP2020038793)